AF375780

LA COURTISANE VERTUEUSE,

COMÉDIE

EN QUATRE ACTES,

MÊLÉE D'ARIETTES;

Le sujet est tiré du Roman de Manon & Desgrieux, fait par M. l'Abbé Prevôt.

Par M. D***.

Le prix est de 30 sols.

A LONDRES,

Et se trouve à Paris, chez la Veuve Duchesne, Libraire, rue Saint-Jacques, au-dessous de la Fontaine Saint-Benoît, au Temple du Goût.

M. DCC. LXXII.

PRÉFACE.

VAIS-JE faire une Préface ? A quoi bon ? On pense si mal de toutes ; & j'en ai si souvent mal parlé moi-même ! c'est chose reconnue, qu'une Préface est un témoin de plus de l'amour-propre de l'Auteur, qu'elle est un amas de lieux communs rebattus qui peuvent quelquefois nuire à un bon ouvrage & ne peuvent servir à un mauvais. Pourquoi donc, malgré ces vérités, une pente à laquelle je ne puis résister, m'entraîne & me pousse-t-elle, comme malgré moi, dans la foule des gens à Préface ? Accrochons-nous du moins à un prétexte pour pouvoir dire quelques mots sous ce titre. Convenons de ne parler, ni de l'Auteur, ni de l'Ouvrage, & tenons parole ; mais disons un mot du sujet, c'est tout ce que je veux.

Je n'ai pas la sottise de croire que j'aie fait une bonne Comédie, ni même une Comédie ; mais je crois avoir mis en Dialogue, sous le titre de Comédie, un sujet propre à en faire une bonne ; & quoique je n'aie pas eu le talent de rendre ce sujet assez intéressant, ni assez comique, je n'en en proie aux repentirs & aux remords dont la paſſion la plus extrême n'affranchit point une ame honnête & bien née.

A l'égard du bon Tiberge, il eſt l'image de la vertu la plus aimable & la plus pure : il eſt ce parfait ami qu'il eſt ſi rare de trouver ailleurs qu'en peinture, d'autant plus intéreſſant, que né dans un rang fort inférieur à celui de Deſgrieux, ſa vertu ſeule le met au-deſſus de lui, & prouve combien, malgré les prétentions & les préjugés en faveur de la naiſſance, & contre la baſſe extraction, il eſt cependant vrai que le vice dégrade, que la vertu ſeule annoblit ; & que, dans l'opinion publique, ſans caballe, ſans efforts, le vertueux ſe trouve tout naturellement placé au-deſſus du noble ſans vertus.

Je crois donc qu'indépendamment des perſonnages ſubalternes ou des épiſodiques que l'on peut aſſocier à ceux-ci dans une Comédie, ces trois caracteres principaux mis en action dans les ſituations priſes & choiſies du Roman, ou même ajoutées à celles qui y ſont déja, doivent fournir le fond d'une bonne Comédie : &, encore une fois, ce n'eſt pas ſur l'eſquiſſe que j'en aurai donnée qu'on en doit juger pour ou contre, mais bien ſur ce que j'invite à tenter tout autre plus capable d'y réuſſir.

PRÉFACE. vij

Le goût du Public, actuel, est pour les Opéras-Comiques ; j'ai été moi-même entraîné par ce goût général, & j'ai mis quelques Ariettes ; on les lira si l'on veut ; si on le veut aussi, on les supprimera ; mais j'observe que cette esquisse, qui dans le commencement étoit en cinq Actes & sans Ariettes, n'a été réduite à quatre que pour pouvoir la mettre au goût du Public.

J'espere donc qu'on me pardonnera la Préface en faveur de la bonne intention, dont tout le but est de procurer au public une bonne Comédie sur un sujet que je crois propre à la produire lorsqu'il sera manié de main de maître. Dixi.

ACTEURS.

MANON, Courtifane.

DESGRIEUX, Amant de Manon.

TIBERGE, Ami de Defgrieux.

M. DE MINARVILLE, Financier.

LE COMTE DESGRIEUX, pere.

LE MARQUIS DESGRIEUX, Fils aîné.

LISETTE, Suivante de Manon.

FRONTIN, Valet de Defgrieux.

L'ABBÉ PANTOUFLET.

DES VALETS.

La Scène eft à Paris.

LA COURTISANE VERTUEUSE,

COMÉDIE.

ACTE PREMIER.

Le Théâtre repréſente une Chambre qui eſt cenſée près d'un Séminaire.

SCENE PREMIÈRE.

LISETTE, ſeule.

MA foi, je ne conçois rien à ma maîtreſſe ; elle eſt jeune & jolie ; elle n'eſt point riche, & elle refuſe un amant ; & quel amant, encore ? M. de Minarville, un Financier riche comme un

A

Créfus, qui s'offre à elle de la façon la plus honnête du monde, je veux dire, en lui envoyant
des bijoux, des boucles d'oreilles, des dentelles,
des robes fuperbes, & de l'or.... Oh ! pour de
l'or, elle n'a qu'à parler ; & elle refufe tout,
comme fi elle regorgeoit de richeffes. Cependant
fon petit fond diminue à vue d'œil ; & fi elle n'y
fait de férieufes réflexions, elle prend juftement
le chemin de fe ruiner.

Mais je vois bien ce qui la fait agir ainfi ; elle
vivoit il y a deux mois avec le petit chevalier
Defgrieux, un jeune homme de dix-neuf ans
de la plus jolie figure du monde, beau, bienfait !... Bon Dieu ! comme ils s'aimoient ces deux
pauvres enfans, c'étoit bien l'amour le plus tendre !.... Mais le pere de ce petit Chevalier l'a
fait enlever, & depuis ma maitreffe eft reftée
toute feule. J'ai cependant entendu dire, ces
jours ci, que le petit Defgrieux étoit entré de
force dans l'État Eccléfiaftique, & qu'il demeu-
roit dans le Séminaire voifin : ma maitreffe ne
m'en a pas encore dit un mot, mais on l'a fait
entrer dans une falle où il y avoit des bancs,
des banquettes, & beaucoup d'abbés ; on lui a
apporté une grande thèfe en latin ; & elle lifoit
ça avec plaifir, fur-tout les groffes lettres d'en-
bas comme fi elle y entendoit quelque chofe ;
une grande jaquette noire ; & en gands blancs
eft venu auffi m'en apporter une ; mais comme je
lui ai dit que je ne favois pas lire, ils fe font
tous mis à rire : j'allois me fâcher tout de bon,
lorfque ma maitreffe m'a dit de l'attendre dans
cette falle ci, & je l'attend... Je voudrois bien
le revoir, ainfi que fon grand benet de laquais,

qui me faifoit l'amour, & qui eft affez bête,
Dieu merci ; je l'aurois pris en conféquence pour
mon mari, s'il ne buvoit pas tant comme il faifoit : il fe fera peut-être corrigé ; mais le voici,
je crois.

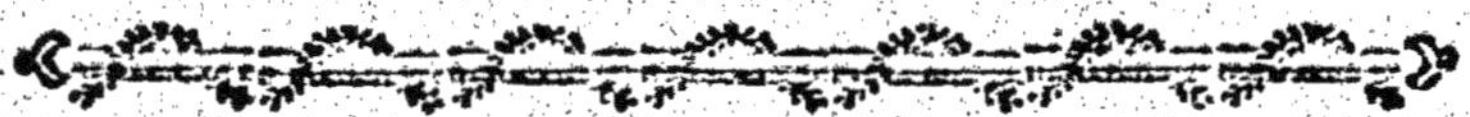

SCÈNE II.

LISETTE, FRONTIN, *en Valet de*
Collége , en habit blanc , & cheveux ronds ,
& un peu ivre.

LISETTE.

HÉ, comme te voilà, mon pauvre Frontin,
mon pauvre ami ; qui te reconnoîtroit fous ce dé-
guifement-là ? Ah ! ah ! ah ! Quoi, tu veux devenir Abbé ? Ah ! ah ! ah !

FRONTIN.

Ne me touchez pas, Mademoifelle, rentrez
dans le monde ; laiffez-moi méprifer toutes vos
vanités.

LISETTE.

Veux-tu bien me regarder, vieux fol, oublie-
tu celle avec qui tu devois te marier ?

FRONTIN.

Ah ! oui, à propos ; c'eft toi ma chere Lifette,

ma chere amie, & viens donc que je t'embraffe ;
viens...

LISETTE.

Hé bien, dis-moi donc auparavant ; bois-tu
beaucoup ici ?

FRONTIN.

Oui, affez bien. Je m'en tire comme à mon
ordinaire.

ARIETTE.

Oui, ma chere Lifette,
Je bois ici tant que je veux ;
Si j'avois feulement une jeune fillette,
Une jeune brunette
Telle que toi, Lifette,
Ah ! ce feroit pour moi les cieux,
Un lieu charmant, voluptueux,
Un lieu divin, délicieux,
Préférable au féjour des Dieux.

Quand on fe grife,
On fe moque du vent de vife ;
Du froid, du chaud, & du tonnerre & du foleil ;
Pour être heureux, l'on n'a point fon pareil,
Et quand on eft las, l'on fommeille.
Mais, fi par fois l'on fe réveille,
On voudroit bien trouver,
Dans ces momens, pour s'amufer,
Pour s'occuper,

Une jeune fillette,
Une jeune brunette
Telle que toi , Lisette.

LISETTE.

Oui , tu as raison : je connois ton bon goût ; mais en attendant , dis-moi un peu ce qu'est devenu ton maître , le Chevalier Desgrieux ?

FRONTIN.

Mon maître, il est indigné de la façon dont ta maîtresse l'a trahi, pour devenir la bonne amie de M. de Minarville ; aussi....

LISETTE, *bas.*

Il seroit bien à souhaiter que cela soit. (*Haut.*) Continue.

FRONTIN.

Aussi, dès que mon maître l'a su, il en fut si furieux, qu'il jura de ne la plus revoir ; &, pour que la démangeaison ne lui en revienne point, il s'est mis ici avec moi ; & nous y avons tant travaillé, moi & mon maître, que nous soutenons aujourd'hui de belles thèses en Latin de Logique, ou cochique : je ne me rappelle pas trop du mot, mais dame ce sont de belles images ; & j'en ai mis tout au tour de ma chambre. À ton tour, toi ; que viens-tu faire ici ? viens-tu soutenir quelque thèse ?

LISETTE.

Ah ! voilà donc pourquoi ma maîtresse est venue ici ; Frontin, sois bien persuadé que ma maîtresse n'a jamais trahi ton maître , & qu'elle a été inconsolable de son enlevement.

SCENE III.

MANON, FRONTIN, LISETTE.

MANON, *passionnée, & tout en courant.*

AH! si tu savois, Lisette, je viens de voir Desgrieux en habit d'Abbé : il parloit Latin comme un ange, il tenoit tête à tout l'auditoire ; tout le monde l'applaudissoit.

LISETTE.

Hé! comment l'avez-vous trouvé ?

MANON.

Ah ! Lisette !

ARIETTE.

C'est l'Amour en habit d'Abbé,
　Ç'a lui va comme de cire ;
　Un air fripon, vif, éveillé ;
　Un air d'Abbé, c'est tout dire.

Frisé, poudré, dame il faut voir !
Un cheveu ne passe l'autre ;
Qu'il est beau dans son habit noir !
Qu'il est beau ! le bon Apôtre !

C'est l'Amour, &c.

En vérité, ma chere Lisette, je le trouve toujours charmant : il est engraissé des trois quarts ; il a des couleurs brillantes, il a du feu dans les yeux ; ah ! si ce feu étoit encore pour moi ; mais il m'aura oublié, il ne m'aime plus !....

FRONTIN.

Madame, j'ai l'honneur de vous saluer.

MANON, à *Lisette.*

Quel est cet original-là ?

LISETTE.

N'est-il pas vrai que vous ne le reconnoissez pas ? C'est Frontin.

MANON à *Frontin*, *avec précipitation.*

Ah ! c'est toi, mon cher Frontin ; hé bien, dismoi, ton maître m'aime-t-il encore ? A-t-il souvent parlé de moi ? Pense-t-il à moi ? Répond vîte.

FRONTIN.

S'il vous aime, Madame ! En pouvez-vous douter ?

MANON, *avec précipitation.*

Il m'aime encore ! Ah ! Frontin, va lui dire que je l'aime ; que je lui demande pardon ; que je me jette à ses genoux ; que je l'adore ; que je....

LISETTE.

Tubleu, Madame, comme vous y allez ! Là, là, là, vous ne vous possédez pas ; mais savez-vous bien que votre petit chevalier vous croit infidelle ; & que si Frontin lui dit que vous êtes ici, il ne voudra pas venir. Frontin dis à ton maître qu'il y a ici une dame de ses parentes, qui étoit présente à sa thèse, & qui le demande ; va mon enfant.

FRONTIN.

Oui, mais je veux t'embrasser auparavant, hen, coquine, tu m'aimes donc bien toujours ?

MANON, *le retirant pour qu'il s'en aille.*

Auras-tu bien-tôt fini ? Allons, vole & reviens.

FRONTIN, *en s'en allant.*

Madame, chacun pense à ses affaires.

SCENE IV.
MANON, LISETTE.

MANON.

AH! Lisette, s'il m'aimoit encore! je lui donne tout mon bien ; je veux me marier aujourd'hui avec lui, sans différer : lui seul peut faire mon bonheur ; mais comment va-t-il me recevoir ? Son cœur sera-t-il toujours le même à mon égard ?

LISETTE.

Madame, le voici.

SCENE V.

MANON, DESGRIEUX, *en habit d'Abbé*, LISETTE, FRONTIN.

MANON, *se jettant au col de Desgrieux*.

HÉ! bon jour, mon ange, embrasses moi, reconnois ta Manon : elle t'aime, & t'adore toujours : depuis deux mois qu'elle ne t'a vû, elle n'a pas été un instant sans penser à toi ; mais qu'as-tu ? Quelle froideur ! Toi, qui m'aimois tant! Pourquoi cette tristesse ? Parles.

DESGRIEUX, *d'un air d'indignation.*

Perfide, ingratte, retirez-vous ! & prodiguez vos graces, & vos faveurs à ceux qui fçauront vous payer : votre préfence met la fureur dans mon ame.

MANON, *d'un air de furprife, & de douleur.*

Perfide, ingratte ! qui ? moi ! Defgrieux, tu me crois donc coupable de t'avoir trahi ; moi à qui tu as fait goûter les premieres douceurs de l'amour ; moi qui ne vivois, & ne vis encore que pour toi.... Je fuis perfide, grand Dieu !

DESGRIEUX.

Etoit-ce pour moi, cruelle que vous avez engagez M. de Minarville à écrire à mon pere pour qu'il me falfe enlever, & que par ce moyen vous puiffiez avoir de nouvelles amours ? Ingrate ! Après tout ce que j'ai fait pour toi. Je m'étois évadé d'Amiens, je refufois, pour toi, de rentrer dans les bras de mon pere ; & tu ne m'aimois que du bout des lévres, capable d'en dire autant au premier venu.

MANON, *fe retournant, & d'un ton de la plus vive douleur.*

Eft-il permis que Defgrieux me connoiffe fi mal !

LISETTE, *fe mettant entre Manon & Defgrieux, & adreffant la parole à Defgrieux.*

Allez, Monfieur, vous accablez ma maitreffe de douleur, tandis qu'elle n'eft aucunement coupable ; je vais vous apprendre ce qui s'eſt paſſé. D'abord, j'ignore comment M. votre pere a ſu votre amour & votre liaiſon ; ma maitreſſe en ſait encore moins que moi, mais à votre départ vous lui avez laiſſé très-peu de fonds. M. de Minarville, qui demeure dans la même maiſon, eſt venu deux ou trois fois lui rendre viſite, & en moins de quinze jours, ma maitreſſe a reçu des préſens de toutes eſpeces, ſans ſavoir de qui ils venoient ; elle les avoit renvoyé à M. de Minarville, qui les a niés : ces préſens lui ont fait un fond conſidérable, & l'ont fait ſubſiſter avec magnificence ; inſenſiblement M. de Minarville a voulu s'inſinuer plus avant auprès de ma maitreſſe, ſes viſites devenoient plus fréquentes, il a fait des propoſitions, quinze mille livres de rente, équipage, &c. aujourd'hui même, il lui offre cinq cents louis pour commencer, ſi elle veut venir ce ſoir chez lui y ſouper & y paſſer la nuit ; & lui a aſſuré que, ſur ſon refus, il ne remettroit jamais les pieds chez elle. (*Ici Deſgrieux prend un air gai, qui augmente à chaque parole de Liſette.*) Mais ma maitreſſe a toujours conſtamment refuſé : elle ne penſoit qu'à vous, ne prononçoit jamais que votre nom. Oh ! mon cher Deſgrieux, diſoit-elle, ſi tu connoiſſois mon cœur, mon amour & mon attachement, ſi je pouvois te retrouver, ſi tu m'aimois encore, dans quelque coin de l'Univers que tu ſois, j'y volerois, je ſuivrois la trace de tes pas.

DESGRIEUX, *ſe jettant aux genoux de Manon.*

O trop adorable Manon, pardonnes-moi mon erreur, je ſuis coupable de t'avoir ſi mal connue ;

mais dans quel état me retrouves-tu , & que me demandes-tu ?

MANON, *l'embraſſant , & le relevant.*

Ton cœur, cruel, ſans lequel il eſt impoſſible que je vive.

DESGRIEUX.

Demandes-moi plutôt la vie, car mon cœur n'a jamais ceſſé d'être à toi.

FRONTIN.

Oh! la belle vocation que nous avions-là pour l'État Eccléſiaſtique.

MANON.

Je veux que tu quitte ton méchant collet , & que tu m'épouſes ce ſoir ſans plus tarder. Je me jetterai aux genoux de ton pere, & par mes larmes, & mes prieres, je ferai tant que je t'obtiendrai.

ARIETTE.

O tendre amant ! toi que mon cœur adore ,
Viens dans mes bras obtenir ton pardon ;
A mon amour, au feu qui me dévore ,
Méconnois-tu ta fidelle Manon ?

Je te retrouve , & te revois encore ;
Plus de chagrin , nous entrons dans le port :
Soyons ainſi unis juſqu'à la mort ;
Et qu'en tous lieux je te repete encore,

O tendre amant ! toi que mon cœur adore !
Viens dans mes bras obtenir ton pardon ;
A mon amour, au feu qui me dévore,
Méconnois-tu ta fidelle Manon ?

DESGRIEUX.

Et M. de Minarville, qu'en ferons-nous ?

FRONTIN.

Il n'y aura qu'à le mettre au Séminaire.

MANON.

Nous en ferons ce que nous pourrons.

DESGRIEUX.

Hé bien, Manon, qu'allons-nous faire actuellement ? Il faut nous défaire de M. de Minarville ;
fait mettre les chevaux à ton carosse, volons de ce
pas chez mon pere : il est bon, il se laissera fléchir.

ARIETTE.

Quand une fois le mariage
Aura scellé les biens que l'Amour nous a faits,
Oui, je metterai tout en usage
Pour que notre bonheur ne tarisse jamais.

Ta volonté sera la mienne ;
Toujours plaisirs nouveaux renaîtront sous tes pas :
Nous n'aurons ni chagrin, ni peine,
En pourroit-on avoir, ô Manon ! dans tes bras ?

Deux Amans qui peuvent fe plaire,
Quand rien ne peut troubler leurs tranfports amoureux ;
Sont deux Divinités fur terre ;
Plus contens que des Rois , tout femble fait pour eux.

MANON.

Tout ce que tu me dis ; m'enchante ; allons donc de ce pas obtenir le confentement de ton pere : mais il me vient une idée : je dois fouper ce foir chez M. de Minarville, je t'y ferai fouper avec moi ; je lui dirai que j'ai un petit frere qui arrive du Collége aujourd'hui , ayant fini fes claffes ; que ce jeune homme qui fort pour la premiere fois de fon petit hémifphère , n'a encore rien vû ; & que s'il vouloit lui faire bien du plaifir, ce feroit de le faire fouper avec nous : c'eft toi qui fera ce petit écolier , tu te metteras en petit habit percé , un chapeau rongé , des manchettes pleines d'encre ; en un mot, comme un écolier ; tu fortiras le pemier après fouper , & je t'irai rejoindre ; qu'en penfes-tu ? Nous nous moquerons de M. de Minarville tout à notre bien-aife , d'autant plus que ta préfence à table fera charmante , & retiendra notre vieux libertin , s'il veut s'émanciper.

DESGRIEUX, *bas.*

Oh ! Tiberge , mon ami , fi tu voyois les écarts dans lefquels je m'égare , & m'enfonce de plus en plus. (*Haut.*) Entre nous deux, Manon, fçais-tu que tout cela n'eft point du tout de mon goût, & qu'il ne peut que nous en arriver mal : nous ferions beaucoup mieux d'aller de ce pas chez mon pere.

MANON.

Tiens, Desgrieux, j'ai la plus grande envie
& la plus grande démangeaison de rire un peu, &
de me moquer de ces vieux pécheurs qui croient
que l'amour ne s'obtient qu'avec de l'or ; je lui
ferai bien sentir le contraire aujourd'hui : je veux
que tu aies de l'esprit, entends-tu ? Je veux que
tu sois gai, & qu'avec un petit air enfantin, tu
lui donne son paquet bien appliqué.

DESGRIEUX.

Ah ! Manon, on ne peut rien te refuser.

ARIETTE.

Ah ! que sur nous une femme a d'empire !
    Elle nous a entre les mains,
Comme un enfant à qui, pour faire rire,
    On donne de petits moulins.

Cet enfant n'a qu'à dire vole, vole,
    Et tôt, tôt, tôt, son moulinet,
Et tourne, & vole, & tourne, & vole, volé,
    Fait son devoir de moulinet.

Ainsi, quand une femme que l'on aime,
    A son amant a dit je veux,
Pour lui c'est une volonté suprême,
    Un ordre qui lui vient des Dieux.

Ah ! que sur nous, &c.

MANON.

Vas, quand nous aimons bien, nous autres, nous sommes aussi sous la puissance de ceux que nous aimons. Mais il faut d'abord commencer par quitter ton petit collet : je vais sortir la première, mon carosse va t'attendre au coin de la rue, tu nous y viendras rejoindre ; allons, mon ange, je cours, & je t'attends.

SCENE VI.

DESGRIEUX, FRONTIN.

DESGRIEUX.

Elle est innocente, & je l'avois quittée!

FRONTIN.

Hé bien, mon cher maître, que vais-je devenir moi? En quoi vais-je me métamorphoser actuellement? Reprendrai-je la livrée, ou resterai-je ici à m'engraisser ?

DESGRIEUX.

Tu n'as qu'a me suivre; mais auparavant, comme je ne rentrerai pas chez moi, je te donne tout ce qui y est; vas le prendre, & viens me rejoindre chez mon Tailleur où je vais de ce pas.

FRONTIN.

Oui, Monsieur, je n'y manquerai pas.

DESGRIEUX.

DESGRIEUX.

Mais prends bien garde d'être apperçu, sur-tout de Tiberge.

FRONTIN.

Et, non, non, Monsieur ; rapportez-vous en à moi.

SCENE VII.

DESGRIEUX, *seul.*

Que l'Amour est puissant sur nos cœurs ! J'avois cru en avoir secoué le joug, & j'y suis actuellement plus que jamais. Que va-t-on dire de moi ? Et de quel œil va-t-on me regarder ? D'un côté, je me perds, car je crains, je suis même persuadé que mon pere rejettera ce mariage, & qu'il ne voudra plus me voir ; je quitte un état, où j'ai les plus belles perspectives ; & je m'éloigne de mon ami Tiberge, lui seul qui fait mon bonheur, & qui a pour moi une tendresse, & une amitié si forte, qu'il n'y a que la mort qui devoit nous séparer l'un de l'autre.... & je vais renoncer à lui.... Je ne recevrai plus de tes conseils ô mon cher Tiberge ! ma barque entre dans une mer orageuse, & personne ne pourra en prendre le gouvernail, & la sauver ; ô Tiberge ! Tiberge !... D'un autre côté, je vais revivre dans les bras de l'Amour : je rentre dans tous mes droits auprès

de ma tendre Manon. O ciel! vous êtes témoin
de la pureté de mes intentions, & que le mariage est le seul but... Oui, Tiberge, je t'en donne
ma parole ; & d'ailleurs, mon cher Tiberge , tu
sçais le dégoût & la répugnance que j'ai toujours
eu pour mon état présent ; & , sans ta société, j'en
serois sorti presqu'en y entrant ; mais l'amour &
l'amitié ne sont point inséparables, & je veux en
ce jour les unir.

Fin du premier Acte.

ACTE II.

Le Théâtre repréſente un beau Sallon de l'appartement de M. de Minarville, orné très-magnifiquement.

SCENE PREMIERE.

FRONTIN, *ivrogne, & ne ſe ſoutenant plus.*

MA foi, mon petit cher Frontin, mon petit bon homme, mon petit cher homme, avoue que tu as bien bu, & que tu t'en eſt donné... Ah, ah, Liſette, Liſette, que tu eſt gentille, ma petite reine; qu'avec toi on fait des belles choſes! mais... mais tu me faiſois bien boire, ó oui, & même un petit peu trop, ma petite mere.... Je crois que je vois plus d'une lumiere, je ne me ſoutiens guères non plus... La tête me tourneroit-elle? Remettrons nôtre chapeau; là: c'eſt que ça donne du poids, vraiment.... Mais au reſte... quand je ſerois un petit peu gris, c'eſt que je m'en moque, dame.

B ij

SCENE II.

TIBERGE, FRONTIN.

TIBERGE *seul.*

C'EST ici la demeure de M. de Minarville. Mes yeux ne me trompent-ils pas ? Ce ne peut être ici que le Palais d'un Prince, & non la maison d'un simple particulier ; quelle magnificence ! Quelle somptuosité ! Je pourrai trouver ici mon pauvre ami Desgrieux ; car sa petite créature est actuellement entretenue par M. de Minarville ; quelle folie à Desgrieux de quitter ainsi son état, & de se jetter dans le libertinage , malgré tous les conseils que j'avois pu lui donner ! Qu'il en coûte à l'amitié de voir de tels dérangemens ! Tâchons de l'en retirer pour la seconde fois. (*Appercevant Frontin.*) Mais... mais, je crois que voilà son valet. Hé bien , Frontin, où est ton maître ?

FRONTIN, *toujours gris.*

Ah ! la belle avance, voilà notre sermoneur continuel ; depuis le matin, jusqu'au soir, il trouve toujours à redire à tout ; oui, oui à tout : hé, parlez donc Monsieur le docteur, que venez vous donc faire ici ? parlez donc, parlez.

TIBERGE.

Dans quel état le voilà, bon Dieu ! Tel maître, dit-on, tel valet. Hé bien, peux-tu me dire où est Desgrieux ?

FRONTIN.

Il se passeroit bien de vous, & de vos conseils, & moi aussi ; c'est que c'est vrai, çà.

TIBERGE.

Pour toi, cela pourroit très-bien être ; & tu ferois aussi bien de t'aller coucher ; mais te sens-tu capable de pouvoir me répondre ?

FRONTIN.

Mon maître, il est avec sa bonne amie... Mais, moi, je ferois aussi - bien de m'aller coucher ; adieu donc Monsieur. (*Il fait des saluts, & pense tomber à chaque pas.*)

TIBERGE.

Elle est donc ici ?

FRONTIN.

Plaît-il ?

TIBERGE.

Cette fille est donc ici ?

FRONTIN, *en s'en allant.*

Non, non, non ; mais...., c'est que je ne sais ce que je dis, n'est-ce pas ? Adieu, Monsieur Tiberge.

SCENE III.

TIBERGE, *seul.*

OH! Desgrieux, mon ami, que ton sort me fait peine ! Qu'il est souvent cruel d'être un véritable ami ! Ce que je sens & éprouve à ton sujet me perce le cœur : comment, est-il possible que toi, mon cher Desgrieux, toi qui chéris la vérité, tu te laisses aller à de pareils écarts ! Hélas ! ces vains plaisirs, auxquels tu prétends, passent comme ton ombre qui va toujours devant toi. Ils sont d'ailleurs sujets à tant de dangers, que j'envisage avec frayeur le précipice affreux qui est sous tes pas. Amitié, vertu pure & sainte, viens m'inspirer dans ce moment pour dégager Desgrieux de sa passion funeste. Mais le voici qui vient ; sous quel déguisement l'apperçois-je ?

SCENE IV.

TIBERGE, DESGRIEUX *en habit d'écolier.*

TIBERGE.

AH! mon ami, je te retrouve. (*Il lui faute au col.*)

DESGRIEUX, *avec furprife & troublé.*

Ah! Tiberge.

TIBERGE, *le regardant avec intérêt, & lui ferrant la main.*

Mon ami! Tu voulois donc renoncer à moi, fans m'en prévenir? T'ai-je caufé quelques peines? Qu'ai-je fait pour mériter ton oubli? Je le vois, tu ne m'aimes plus.

DESGRIEUX.

Peux-tu douter de mon amitié, mon refpectable ami? Non, mon cœur fera toujours le même à ton égard; mais je te l'avouerai, quoique mon intention fut pure, j'ai crains tes reproches, j'ai crains tous les bons confeils que tu pouvois me donner; je redoute ta préfence.... Tu fais qu'en amour on ne prend de confeil que de foi, & ne voulant point paroître devant mon ami, qui m'auroit foupçonné coupable, je t'ai fui, faut à ne me repréſenter à tes yeux, que lorſque je me ſerois entiérement juſtifié.

TIBERGE.

Et c'eſt préciſément les ſeuls inſtans où tu a le plus grand beſoin d'un ami! Mais ſonges-tu bien à ton égarement? Tu veux abandonner parens, fortune, état, raiſon, tout, pour...., O mon ami! non je ne te quitte pas, duſſai-je m'expoſer à toute ta colere.

DESGRIEUX, *bas.*

Quel contre-temps! (*Haut.*) Tu ne me con-nois pas, mon cher Tiberge; le libertinage n'a point de part dans mon action; le mariage eſt le ſeul but....

TIBERGE.

Deſgrieux, crois-tu de bonne-foi que ton pere conſentira de t'unir avec une créature qui t'a déja abandonné, qui n'a ni naiſſance, ni fortune, ni eſprit, entierement perdue de réputation?

DESGRIEUX, *prenant un ton haut.*

Monſieur, ménagez vos termes, je vous prie, & ne jugez point ſans connoître. Manon, grand Dieu! réuni toutes les belles qualités, & les ver-tus qu'une femme peut avoir.

TIBERGE, *avec douleur.*

Que l'amour eſt aveugle! Ah! Deſgrieux, (*Se jettant à ſes genoux.*) Au nom de l'amitié, au nom de ce que tu as de plus cher, renonces à ta folie, quittes une paſſion qui va te perdre, rentres dans le fein de la raifon : elle te tend les bras ; elle veut faire ton bonheur, & tu la fuis... (*Se relevant , & d'un ton de défefpoir.*) Mais tu es fourd à mes confeils ; mon amitié ne te touche plus, je t'abandonne à toi-même, & vais pleurer fur ton fort. (*Il s'en va.*)

DESGRIEUX, *d'un air attendri & ému, bas.*

Quel ami ! (*Haut, & arrêtant Tiberge.*) Ah ! Tiberge, tu me perces le cœur.... Tiens.... Je ne fais dans quel état je fuis.... Je.... Je ne me connois pas.

TIBERGE, *d'un air de contentement.*

Mes fouhaits s'accompliffent donc ! La raifon reprend fur mon ami tous fes droits ! Defgrieux, ô mon cher Defgrieux ! que ce moment m'eft fenfible ; allons, la vertu eft encore ta loi, viens mon cher ami, la Religion fera le refte ; nous allons prendre une voiture, & nous rendre de ce pas à la maifon de campagne de mon oncle, où tu vas rétablir le calme dans ton cœur.

DESGRIEUX, *héfitant.*

Quoi ! pour conferver mon ami, il me faudroit renoncer à ce que j'ai de plus cher !

SCENE V.

DESGRIEUX, TIBERGE, MANON.

MANON, *appercevant Desgrieux dans son habit d'Ecolier.*

AH, ah, ah, comme te voilà dans ce nouvel habillement ; tu me réjouis, mon cher ami, tu me parois adorable, divin ! Allons, fais bien ton exercice : tiens, mets une main dans ta poche, tiens de l'autre ton joli chapeau comme ça ; là, ronges-en un coin ; bon, tes manchettes sont noires, oh tu n'as rien oublié, c'est bien là l'habit qu'il te faut : allons, bon, oh comme je vais rire, ah, ah, ah ! (*A Tiberge.*) Comment le trouvez-vous, Monsieur ? (*Pendant ce temps, Desgrieux a un air morne & irresolu.*)

TIBERGE, *à Desgrieux, d'un air assez bas.*

Allons. (*A Manon.*) Je ne connois rien à tout cet arrangement-là, Mademoiselle.

DESGRIEUX, *toujours dans la même incertitude.*

Manon !... Tiberge !.... Tiens Manon, je ne puis te rien céler ; mon ami, que voilà, veut que je renonces à toi : il me persécute, pour que je te quitte.

MANON, *à Tiberge.*

Est-ce vrai, Monsieur ?

TIBERGE.

Mademoiſelle, je vous crois de l'eſprit.

MANON.

Tout de bon ! Vous me faites bien de l'honneur.

TIBERGE.

Vous aimez Deſgrieux ; je m'en rapporte à vous ; quoique vous ſoyez partie intéreſſée, je ſuis perſuadé que vous ne me déſapprouverez pas.

MANON.

Voyons donc où vous en voulez venir.

TIBERGE.

Si vous aimez Deſgrieux, vous devez vouloir tout ce qui peut faire ſon bonheur.

MANON.

Vous avez raiſon, juſqu'ici.

TIBERGE.

Or, j'admets que vous réuniſſiez toutes les belles qualités qu'une femme puiſſe avoir, vous ne pouvez jamais faire ſon véritable bonheur.

MANON, *avec vivacité.*

Ah ! quel blaſphême dites-vous là ? allez, croyez-moi, mon cher Monſieur :

ARIETTE.

Le bonheur n'eſt que pour les vrais amans,
Ils goûtent ſeuls cette volupté pure,

Qui rend leurs feux si vifs, & si touchans,
Et qui n'existe que dans la nature.

La volupté qui fait tous nos desirs,
Seule adoucit les chagrins de la vie.
La Volupté, l'ame de nos plaisirs,
Est de l'Amour la compagne chérie.

Quelle douceur d'être avec ce qu'on aime !
Tout, avec lui, renait & s'embellit ;
Tout vous sourit, & la Nature même,
A vos transports, avec joie applaudit.

Oui, en vérité, mon cher Monsieur, on ne peut avoir de plus grande satisfaction que d'être avec ce qu'on aime. Le voir, lui parler, ne lui point parler, penser à lui, penser à des choses indifférentes ; mais auprès de lui, c'est toujours le même plaisir : il embellit tout ce qui l'environne ; & actuellement même que je suis avec mon ami Desgrieux, quoique vous soyez baroque dans votre sentiment, il s'élance cependant de Desgrieux certains rayons de son amour, de...., sa divinité même pour moi, sur vous, qui font que je vous trouve aimable.

TIBERGE.

Ah ! Mademoiselle, que vous voyez d'un œil bien différent du mien, une passion qui vous offusque pour le présent, & qui peut faire votre malheur par la suite. Croyez-moi, laissez Des-

grieux libre de rentrer dans le chemin de la vertu, dont il s'est écarté pour vous, & vous vous
ferez à vous-même le plus grand honneur.

ARIETTE.

La Vertu ! Que ce nom a d'attraits pour un cœur!
Par elle, on vit sans trouble & sans inquiétude ;
On se fait, de la suivre, une heureuse habitude,
Et jamais le remords n'en ternit la douceur.

Un mortel vertueux, & qui, par son courage,
S'est pu mettre au-dessus de toute passion,
Est content en tous lieux, en tous tems, à tout âge;
Et son ame est tranquille au sein de la raison.

Dans ses jours si sereins, il ne voit qu'une fête ;
Il ne regrette point le tems qu'il a passé :
Il jouit du présent, ce qui n'est point aisé ;
Et l'avenir affreux n'a rien qui l'inquiéte.

Voilà le vrai bonheur, Mademoiselle, & il
n'y en a point d'autre.

MANON, à *Tiberge.*

Mais . . . . Vous êtes encore tout jeune,
& vous raisonnez comme un vieux Philosophe,
(*A Desgrieux.*) Et tu ne te remues pas, toi...
Tu ne lui réponds rien ? Tu goûtes donc ce qu'il
dit?

DESGRIEUX.

Je voudrois bien le goûter ; mais avec toi, Manon, cela m'eſt impoſſible.

TIBERGE.

Voilà l'homme ; il fuit la vertu qu'il aime, & ſuit le mal qu'il hait.

MANON.

Allons donc , Monſieur le Philoſophe ; mais, quand je veux, je philoſophe auſſi ; dites-moi, je vous prie , Monſieur le beau raiſonneur, ſi une jolie femme comme moi, par exemple, car je ſais ce que je vaux ; ſi, dis je, une jolie femme comme moi vous aimoit bien ; tenez, comme j'aime Deſgrieux, vous ne ſeriez donc aucune-ment ému ? Vous la laiſſeriez ſécher de douleur, & vous vous enfuiriez . . . .

DESGRIEUX, *bas.*

Que d'eſprit !

TIBERGE.

Ah ! Mademoiſelle, que vous êtes dangereuſe pour un cœur qui n'eſt pas encore fait.

MANON, *avec la plus grande chaleur.*

Tenez, vous me mettez en fureur, lorſque je vous entends raiſonner ſi mal.... Quoi ! vous êtes donc un être indifférent, un être inſenſible ? Ah ! Monſieur, avez-vous été quelquefois à la Co-médie ?

TIBERGE.

Jamais, Mademoiselle.

MANON.

Tatpis ; car je me suis toujours ressouvenue de quatre vers que j'ai entendus, il y a quelque temps dans *l'Anglois à Bordeaux* ; on devroit les mettre tous les jours devant les yeux ; les voici :

> Une âme séche, une âme dure,
> Devroit rentrer dans le néant :
> C'est aller contre l'ordre ; un être indifférent
> Est une erreur de la Nature.

Entendez-vous bien ? Un être indifférent est une erreur de la nature ; on devroit vous cogner le nez de ces vers-là ; mais Philosophe maudit, Philosophe de balle. Dieu n'a-t-il pas fait le plaisir de l'Amour pour l'homme ? pourquoi donc le fuiroit-on ? Savez-vous que c'est un crime de lèze-nature, que de se priver des plaisirs qu'elle aime à nous procurer ?

TIBERGE.

Ah ! Mademoiselle, l'Amour est suivi de tant de peines & de chagrins, que l'on doit être heureux de n'être point sous sa dépendance.

MANON.

Suivi, suivi.... Monsieur le raisonneur ; si le mal de tête venoit, à ceux qui aiment à boire, avant l'ivresse, ils se garderoient bien de boire ; mais la Volupté, par finesse, précéde l'Amour, & nous cache les prétendus désagrémens qui peuvent être à fa fuite : au lieu que votre prétendue vertu, qui n'eft point vertu, ne vous le figurez pas, eft toujours précédée, oui, précédée, accompagnée & fuivie de trifteffe, d'ennui, d'amertume, & d'un dégoût univerfel.

TIBERGE, *à Manon.*

Mademoifelle, vous êtes une Sirène qui perdez la Jeuneffe. (*A Defgrieux.*) Defgrieux, vous favez ce que je vous ai demandé ; un oui ou un non.

MANON.

Allez, vieux fol, & laiffez-nous en repos.

DESGRIEUX.

Tiberge, tu es obligé de céder au raifonnement de Manon, comment pourrois-je y réfifter, tandis que tous fes charmes, fon efprit & fon cœur confpirent contre moi ?

TIBERGE.

Je te quitte ; mais tu m'auras obligation par la fuite.

SCENE

SCENE VI.
MANON, DESGRIEUX.
MANON.

Dis-moi donc un peu, qui t'a bâti un ami comme celui-là ?

DESGRIEUX.

Il ne m'aime que trop ; & je crains, par les derniers mots que je viens d'entendre, qu'il n'aille chez mon pere, & qu'il ne lui suggere des obstacles sans fin à notre bonheur : ne différons pas, je t'en prie, prévenons-le, & allons de ce pas chez mon pere.

MANON.

Hé ! mon Dieu, ne crains rien : s'il part, il ne partira que demain ; & nous, nous partirons ce soir.

DESGRIEUX.

Ah ! quand l'amitié veut obliger, elle va un train de poste.

MANON.

Oui ; mais l'Amour a des aîles. Ah ! voilà M. de Minarville.

C

SCENE VII.

MANON, DESGRIEUX, M. DE MINARVILLE.

MANON.

Monsieur, voici mon petit frère, que j'ai l'honneur de vous présenter, dont je vous ai déjà parlé.

M. DE MINARVILLE.

Oui, ma petite voisine ; tout ce qui vous touche, me touche infiniment.

MANON.

Allons, mon petit frère, salue Monsieur ; c'est un de mes bons amis, tu auras l'honneur de le voir souvent : fais bien ton profit d'un si bon modele.

DESGRIEUX, *faisant de grands saluts.*

Monsieur, j'ai l'honneur de.....

M. DE MINARVILLE.

Vous êtes bien genti, mon petit ami ; quel âge avez-vous ?

DESGRIEUX, *rongeant un coin de son chapeau.*

Dix-huit ans, Monsieur.

MANON, *lui tirant le bras.*

Finis donc, est-ce comme ça qu'on se tient ? c'étoit bon devant ton Régent, en disant ta leçon ; mais à Paris, on met son chapeau sous le bras.

M. DE MINARVILLE, *à Manon.*

Il est assez grand pour son âge. (*A Desgrieux.*) Où avez-vous étudié ?

DESGRIEUX.

A Amiens, Monsieur.

M. DE MINARVILLE.

Actuellement que vous voilà sorti du Collége, vous allez entrer dans un monde bien différent : il faut que vous soyez sur vos gardes, car les jeunes gens se laissent facilement aller à la débauche.

DESGRIEUX.

Ah ! vous avez bien raison, Monsieur ; mon Régent me l'a bien dit : & il m'a encore ajouté que les vieillards, comme vous, étoient de même.

MANON, *à M. de Minarville.*

Mon petit frere dit tout ce qu'il pense ; car vous savez qu'à cet âge, on ne sait ce que c'est que de ménager ses mots ; mais du reste, il est si sage, qu'il ne parle que de se faire Prêtre, & tout son plaisir n'est que de faire des petites chapelles.

C ij

DESGRIEUX.

Ah! ma sœur, vous êtes bien bonne ; mais...

M. DE MINARVILLE, *à Manon.*

Je lui trouve votre . , & il vous reſſemble, ma chere amie.

DESGRIEUX.

Monſieur, c'eſt que nos chairs ſe touchent de bien près ; auſſi j'aime ma sœur Manon comme un autre moi-même.

M. DE MINARVILLE.

Manon, Manon, ce mot n'eſt pas trop honnête : on vous appelloit comme cela, pour vous diſtinguer dans votre famille de vos autres freres & sœurs ; mais à préſent que vous êtes éloignée de votre pays, que l'on ne vous connoît point à Paris, vous devriez prendre un autre nom : celui de votre famille, votre frere aîné le porte, cela ſuffit ; prenez un nom plus élevé, la Marquiſe de Volle Feuille, par exemple, le nom brille.

DESGRIEUX.

Oh! fi donc, Monſieur, c'eſt vilain : on dit qu'il n'y a que deux eſpeces de perſonnes qui portent à Paris le nom de Marquiſe, celles qui le ſont véritablement, & les filles.

M. DE MINARVILLE, *en riant.*

Où avez-vous donc vu ça, mon petit ami ?

DESGRIEUX.

J'ai vu ça dans des livres, Monfieur.

M. DE MINARVILLE, *à Manon.*

L'entendez-vous ? Il a de l'efprit ; c'eft dommage qu'il n'ait pas un peu plus l'air du monde.

DESGRIEUX.

Ah ! Monfieur, j'en ai vu beaucoup chez nous dans les Églifes, & je crois que j'en trouverai à Paris de plus fots que moi.

M. DE MINARVILLE, *toujours d'un air affable.*

En vérité, cela eft admirable, pour un enfant de province ; ferez-vous bien-aife, mon petit ami, de fouper avec nous ce foir ?

DESGRIEUX.

Oui, Monfieur, mais je voudrois bien fouper auffi avec ma fœur.

M. DE MINARVILLE.

Oui, mon petit ami, elle m'a promis d'être des nôtres.

MANON.

Viens, mon frere, un moment avec moi. (*A M. de Minarville.*) Je fuis à vous dans l'inftant.

SCENE VIII.

M. DE MINARVILLE, UN VALET.

LE VALET.

Monsieur, M. l'Abbé Pantouflet du Volage.

M. DE MINARVILLE.

Faites entrer.

SCENE IX.

M. DE MINARVILLE, L'ABBÉ PANTOUFLET.

M. DE MINARVILLE.

Hé ! voilà notre cher Abbé ; comment cela va-t-il, notre ami ?

L'ABBÉ.

Comme un charme, mon cher Monsieur, comme un charme.

M. DE MINARVILLE.

Vous serez des nôtres à souper. (*Bas, d'un air de mystère.*) J'ai avec moi ma petite voisine, je serai bien-aise que vous la voyiez.

L' A B B É.

Oh ! très-volontiers, mon cher maître ; car, outre que vous me l'avez déja dit charmante, c'eſt que vous me l'avez encore vantée comme extraordinairement ſage.

M. DE MINARVILLE.

Ma foi, l'Abbé, c'eſt le caractère le plus ſingulier, le plus original : depuis deux mois, je l'accable de bienſaits, je vais au-devant de tout ce qui peut lui faire plaiſir ; je ſuis riche, je l'aime, c'eſt tout dire ; mais je ne puis rien obtenir d'elle : elle a de l'eſprit, elle eſt gaie, charmante ; entre nous c'eſt un tréſor : elle vaut cent fois mieux que la Marquiſe de Chaſſignolle ; mais pas pour un empire, elle ne veut rien m'accorder, cependant je l'aime toujours.

L' A B B É.

Eſt-il permis de trouver une fille comme cela dans tout Paris ? C'eſt un Phénix.

M. DE MINARVILLE.

Tout autre, il y a long-temps que je n'y euſſe plus penſé ; mais pour elle, c'eſt un je ne ſais quoi, qui m'enleve, qui m'enchante.... (*Prenant l'Abbé par le bras.*) Mais j'eſpere qu'à force de bonnes façons.....

SCENE X.

M. DE MINARVILLE, L'ABBÉ PANTOUFLET, MANON.

M. DE MINARVILLE, *à Manon.*

VOICI, ma petite voifine, M. l'Abbé Pantouflet, qui foupera avec nous ce foir, fi vous voulez bien lui permettre.

L'ABBÉ, *en minaudant, & faifant un petit falut.*

Mademoifelle, je ferai ravi jufqu'au troifiéme ciel, fi vous voulez bien.... m'accorder la faveur d'être ce foir avec vous.

MANON.

Meffieurs les Abbés font actuellement l'honneur des petits foupers ; ainfi, Monfieur, vous ne ferez pas de trop avec nous. (*Bas.*) Voilà du gibier pour Defgrieux & moi.

L'ABBÉ, *bas à M. de Minarville.*

Elle eft charmante, en vérité ; mais elle a un air trop décent, elle ne fent pas ce qu'elle eft ; vous ne pouvez la mener nulle part, la petite Chaffignolle avoit un air plus à la mode.

M. DE MINARVILLE, *bas , à l'Abbé.*

Oui, c'eft vrai. (*A Manon.*) Ma chere amie

autant je vous aime fur toutes les autres, autant
je voudrois que vous puifliez briller fur elles ;
vous ne vous mettez point au goût du public,
demandez à l'Abbé ; il eft de bon goût & de bon
jugement ; vous avez un air trop décent, fi cela
fe peut dire.

L'ABBÉ, *en minaudant.*

Mademoifelle, je n'aurois jamais, moi indigne, à prendre des leçons que de vous ; mais fi
vous vouliez me le permettre, je vais vous con-
ter, par forme d'amufement, la leçon que j'ai vu
ce matin donner à une petite fille qui entroit dans
le monde.

MANON, *paroiffant fort peu s'en foucier.*

Voyons, Monfieur l'Abbé, pour rire.

L'ABBÉ, *bas à M. de Minarville.*

N'eft-ce pas là comme on fait entendre raifon ?
(*A Manon.*) La voici, Mademoifelle. (*Il touffe,
il crache.*)

ARIETTE.

Voulez-vous, ma petite enfant,
Vous mettre à la mode ?
Vous allez apprendre comment,
Dans ce petit Code.

Il vous faudra, premierement,
La coëffure en coque,

Et vos cheveux artiſtement
Arrangés en toque.

Du blanc, du rouge, honnêtement,
Avec une mouche,
Que vous mettrez modeſtement
Auprès de la bouche.

Pour être miſe noblement,
En fille bien née,
On ſe ſert de douze agrémens,
Nommés d'eau filtrée.

On met enſuite, fierement,
Chapeau de Bergere,
Rien n'eſt plus certain, vraiment
Pour briller & plaire.

Que le fichu, diſcrétement,
Ne cache à la vue,
Pas le plus léger mouvement
D'une fille émue.

Il faut tout çà, ma chere enfant,
Pour être à la mode :
Liſez, & repétez ſouvent,
Tout mon petit Code.

Mais j'ai trouvé cette petite leçon ſi fort de mon goût, que j'en ai auſſi-tôt pris copie; puis-je vous l'offrir, Mademoiſelle?

MANON.

Allez, Monſieur l'Abbé, je vous remercie; vous aimez l'art & l'illuſion, moi j'aime la nature.

ARIETTE.

Qu'il eſt noble à la Créature,
Pour ſa décence & ſa ſimplicité,
De ſuivre en tout les Loix de la Nature!
C'eſt ainſi qu'on s'éleve à la Divinité.

Jamais au fard, pour pouvoir plaire,
Ne recourut l'innocente Vertu;
Il n'eſt qu'au Vice, pour ſe ſatisfaire,
D'emprunter des couleurs dont il eſt dépourvu.

Qu'il eſt noble à la Créature,
Pour ſa décence & ſa ſimplicité,
De ſuivre en tout les Loix de la Nature!
C'eſt ainſi qu'on s'éleve à la Divinité.

L'ABBÉ.

Je crois qu'oui... Tenez, Mademoiſelle, je penſe, à mon avis, que vous avez raiſon.

SCENE XI.

Les Acteurs précédens, **LE MAITRE D'HOTEL**, *mis magnifiquement.*

LE MAITRE D'HOTEL.

MESSIEURS, vous êtes servis.

L'ABBÉ, *en riant, & offrant la main à Manon.*

Oh ! çà vaut mieux çà, ah, ah, ah, n'est-ce pas, Mademoiselle ? çà vaut mieux. Allons, M. notre cher maître.

Fin du second Acte.

ACTE III.

*Le Théâtre représente une Salle à manger,
où la Compagnie est à table ; le Maître
d'Hôtel derrière M. de Minarville, chacun a son Valet derrière soi, celui de
Desgrieux paroît encore ivre.*

SCENE PREMIERE.

M. DE MINARVILLE, MANON, DESGRIEUX, L'ABBÉ.

MANON.

Allons, nous voici au dessert. (*Aux Valets.*)
sortez tous, & nous laissez seuls. (*Les Valets
sortent.*) Monsieur l'Abbé, mais vous ne buvez
pas : encore un petit verre de ce vin blanc, c'est
du vin d'Espagne excellent.

L'ABBÉ.

Mademoiselle, épargnez-moi, de grace, je
vous en prie ; je n'en puis mais....

MANON.

Comment ? vous me refusez ! (*Elle lui verse.*)
Tenez, pour vous rendre amoureux.

L'ABBÉ, *tendrement.*

On n'en a pas besoin auprès de vous, Mademoiselle.

DESGRIEUX.

Est-ce que le vin blanc rend amoureux, ma sœur ? Donnez m'en donc aussi pour savoir ce que c'est, j'en ai plus besoin que M. l'Abbé.

MANON.

Tiens, avec tes petits doigts noircis.

DESGRIEUX, *après avoir bu.*

Ma sœur, qu'est-ce que l'Amour ? n'est-ce pas comme l'amitié ? J'ai lu dans mon Gradus que c'étoit synonyme. (*Pendant ce temps M. de Minarville appelle un Valet, & lui donne des ordres.*)

MANON.

Ah ! mon petit frere, vas, tu en es bien loin ; par exemple, j'ai de l'amitié pour M. l'Abbé, mais je n'ai pas pour lui d'amour. (*A l'Abbé.*) Pardonnez-moi, M. l'Abbé, si je mets ici votre nom ; mais votre état ne veut pas que j'aie pour vous d'autres sentimens.

L'ABBÉ.

Votre amitié se convertiroit donc en amour pour moi, si je n'étois pas ce que je suis ?

MANON.

Peut-être, M. l'Abbé. (*Bas à Desgrieux.*) Je
lui l'eau à la bouche.

DESGRIEUX.

Mais vous, Monsieur, quels sont vos sentimens pour ma sœur? Voyons, est-ce de l'amour
ou de l'amitié?

L'ABBÉ.

Ah! mon petit ami, vous me faites-là une
question à laquelle je n'ose pas répondre.

DESGRIEUX.

Je serois bien charmé, moi, si vous aviez
pour ma sœur de l'amitié, & pour moi aussi.

L'ABBÉ.

Mais, si j'avois une étincelle de cet autre sentiment, dont vous me parliez tout-à-l'heure, cela
vous feroit-il de la peine?

DESGRIEUX, *avec surprise*,

De l'amour?

L'ABBÉ.

Hé bien, oui, de l'amour, par supposition,
qu'en diriez-vous? (*A Manon.*) Ce n'est pas à
vous que je parle, Mademoiselle, c'est à Monsieur votre frere.

M. DE MINARVILLE.

Comment! vous aimeriez Manon, M. l'Abbé?

L'ABBÉ, *en se récriant.*

Par supposition, Monsieur, par supposition; c'est pour rire avec Monsieur, qui est tout-à-fait plaisant.

DESGRIEUX, *haussant la voix.*

Hé bien, je serois furieux contre vous.

L'ABBÉ.

Et pourquoi donc?

DESGRIEUX.

C'est que vous ne pourriez aimer ma sœur.

L'ABBÉ.

Mais, mon petit ami, raisonnons un moment: je vais vous prouver que je puis aimer Mademoiselle votre sœur, je veux d'abord vous définir l'amour en Philosophe.

ARIETTE.

L'amour est un pur sentiment,
Un vif épanchement de l'âme,
Pour lequel naturellement,
Un homme sent pour une femme
Qui fait lui plaire, & le charmer,
Le desir de la posséder.

L'amour est un pur sentiment,
Un vif épanchement de l'ame,

Par

Par lequel, réciproquement,
Le cœur sensible d'une femme,
Desire de vaincre, & charmer,
Un homme pour le posséder.

Vous ne le sentirez que trop, mon cher ami.

M. DE MINARVILLE, *au Valet.*

Vous m'entendez. (*à l'Abbé.*) Voyons, un moment, que j'entende M. l'Abbé raisonner sur l'a-
mour.

L'ABBÉ, *à M. de Minarville.*

Nous soutenons une thèse, le petit bon-homme
& moi ; le badinage est tout-à-fait plaisant. (*A
Desgrieux.*) Après ma définition, pourquoi n'ai-
merois-je pas Mademoiselle votre sœur ?

DESGRIEUX.

Oui, mais vous êtes Abbé.

L'ABBÉ.

Oh ! oui ; mais je ne suis Abbé que pour la
forme ; à peine suis-je tonsuré : je n'ai ni béné-
fice, ni charge d'ames, ni rien.

DESGRIEUX.

Ni Bréviaire, non plus, n'est-ce pas ?

MANON, *à l'Abbé.*

Pourquoi donc déshonorez-vous votre habit.

L'ABBÉ.

Bien loin de cela, je l'honore. Un homme de
mon importance est bien fait sûrement pour.....
Pour.

D

DESGRIEUX.

Oui, pour, pour c'est bien dit, M. l'Abbé ; mais voulez-vous me permettre de vous prouver que vous le déshonorez.

M. DEMINARVILLE.

Ah ! voyons donc comment il va prouver çà... C'est tout-à-fait amusant.

L'ABBÉ, *un peu piqué.*

C'est un enfant, ça ne sait pas encore le monde ; mais voyons toujours.

DESGRIEUX.

Par exemple, M. l'Abbé, on m'a dit au Collége que l'on voyoit très-souvent des Messieurs Abbés aux spectacles, à la Comédie, à l'Opéra, au Bal, & même dans de mauvais endroits, que je ne connois pas. Or, n'est-il pas vrai qu'en y allant, on vous y voit, on vous y remarque, on ne sait pas si vous êtes un Abbé manqué, ou non ; & cela donne une mauvaise opinion en général de tout le corps Ecclésiastique, dont vous êtes une branche pourrie..... Tenez, si j'étois en place pour ceci, ah ! vous verriez, comme je vous casserois cette branche pourrie, craque, jusqu'à la derniere racine, jusqu'au moindre filet.

M. DEMINARVILLE.

Il parle comme un Ange ; en vérité, ma bonne voisine, vous avez un petit frere charmant.

L'ABBÉ, *piqué jusqu'au vif, mais ne voulant pas le faire paroître.*

Ce sont des raisonnemens d'écolier, c'est quelque thême qu'il aura retenu ; au reste, Mademoiselle, tout ce que j'ai dit n'étoit que pour badiner, vous en pouvez bien être persuadée.

MANON.

M. l'Abbé, j'en suis bien persuadée. (*Bas.*) Il est piqué.

M. DE MINARVILLE, *à Manon.*

Mais, vous m'aimez, moi, ma chere amie ? dites-moi donc que vous m'aimez.

MANON, *lui prenant la main & la mettant dans les siennes.*

Oh ! pour vous, vous n'avez point les difficultés de M. l'Abbé. (*Bas, à Desgrieux.*) Donne-lui aussi son paquet.

M. DE MINARVILLE, *à Desgrieux.*

N'est-ce pas, mon petit ami ? que je puis aimer Mademoiselle votre sœur ?

DESGRIEUX.

Mais, je ne sais pas ; voyons, aimez-vous ma sœur par amour, ou par amitié ?

L'ABBÉ.

Voilà le principe, dont il ne s'écarte jamais.

M. DE MINARVILLE.

Je l'aime par amour & par amitié.

DESGRIEUX.

Mais n'y a-t-il pas un des deux fentimens qui domine le plus ? Là ; ne me cachez rien.

M. DE MINARVILLE, *faifant la petite voix.*

Hé bien, oui, là ; c'eft l'amour.

DESGRIEUX.

C'eft donc par amour que vous aimez ma fœur ? J'en fuis charmé ; mais, à bon compte, buvons un petit coup.

L'ABBÉ, *prend la bouteille, fait femblant de ne point voir Defgrieux tenir fon verre ; il verfe à tous les autres & à foi, & oublie Defgrieux.*

(*A Manon.*) Mademoifelle, pour conferver le fentiment que vous avez pour moi. (*A M. de Minarville.*) A votre amour, Monfieur l'amoureux. (*Après s'être verfé & avoir mis la bouteille fur la table : à Defgrieux.*) Quoi ! petit morveu, vous en voulez auffi ? (*Il lui en verfe.*)

DESGRIEUX.

Eft-ce que vous êtes fâché contre moi, Monfieur l'Abbé, que vous m'appellez petit morveu ??

MANON, *à Defgrieux.*

Mon frere, voyons ton mais : il faut que tu finiffe, on ne finit pas pour mais.

DESGRIEUX, *à M. de Minarville.*

Vous diſiez donc, Monſieur, que c'étoit par amour que vous aimiez ma ſœur? (*A Manon.*) Voilà où j'en étois, n'eſt-ce pas? (*A M. de Minarville.*) Et bien, vous ne le devez, ni ne le pouvez.

L'ABBÉ.

Allons, mon petit ami, achevez, je ſerai curieux de voir comment vous allez vous en titer.

DESGRIEUX, *à l'Abbé.*

Le petit morveu, hein. (*A M. de Minarville.*) Et vous, Monſieur, voici comme je prouve ma propoſition ; premierement, vous ne le devez pas ; car, quel eſt le but légitime du mariage ? C'eſt d'avoir des enfans ; or je mets en fait que vous ne pouvez jamais en avoir, *ergo.*

M. DE MINARVILLE.

Hé, pourquoi donc ?

DESGRIEUX.

Faut-il le demander ? Vous êtes trop vieux.

M. DE MINARVILLE.

Comment ! trop vieux.

DESGRIEUX.

Hé ! oui, ſans vous fâcher, vous avez ſoixante & dix ans, la vie de l'homme eſt fixée à ſoixante ; voilà, par conſéquent déja dix ans que vous êtes de trop dans le monde ; vous ne devriez plus penser à l'amour ; vous êtes sur le bord de votre fosse, & vous voulez faire des enfans. Ah, ah, ah. C'est comme un vieil arbre qui ne peut plus porter de fruit, & qui n'est bon qu'à faire du feu.

MANON.

Veux tu bien te taire, poliçon, tu ne sais pas vivre ; dit-on ainsi la vérité aux personnes ?

M. DE MINARVILLE, *regardant Manon d'un air tendre.*

La vérité !

MANON.

Ah ! je me trompois, Monsieur : je voulois dire qu'on ne doit jamais dire ce que l'on pense, lorsque la pensée est offensante à celui à qui on en fait part.

L'ABBÉ.

Il raisonne comme un Ange ; en vérité, ce petit Monsieur, il est tout-à-fait charmant.

M. DE MINARVILLE, *après un moment de si-lence. A Desgrieux.*

Monsieur, voyons votre second point.

DESGRIEUX.

Je ne veux plus rien dire, vous vous fâchez.

M. DE MINARVILLE, *d'un sang-froid forcé.*

Non ; vous voyez que je suis de sang-froid.

DESGRIEUX.

Si vous le voulez, le voici : c'est que vous ne

pouvez pas vous marier avec une jolie femme, parce que jamais elle ne voudra de vous.

M. DE MINARVILLE, *toujours du même ton.*

Jamais elle ne voudra de moi ! (*Bas & furieux…*) Ah! le maudit enfant, jamais on ne m'a parlé comme çà de ma vie.

DESGRIEUX.

Et non, vous dis-je, vous êtes trop vieux; vous ne pourriez jamais la contenter; ainsi c'est avec grande raison qu'elle ne voudra pas de vous; & j'en tire la preuve de moi-même, c'est que si on me donnoit en mariage une femme de votre âge, j'aimerois mieux, je crois, être aux Galeres pour toute ma vie que de la prendre… Vous ne répondez rien à mon raisonnement, que je veux encore appuyer de votre exemple journalier; ne vous souciez-vous pas d'avoir à votre carosse deux chevaux de même taille, de même âge, de même poil? Vos chiens de chasse ne sont-ils pas toujours complets? Et les bœufs qui traînent les charrues de vos Fermiers ne sont-ils pas de forces pareilles? Car sans cela rien n'iroit; comment voulez-vous donc que le mariage soit le seul cas où cette proposition si juste, & si naturelle, ne soit point adoptée.

M. DE MINARVILLE.

Mon cher Monsieur, vous êtes un insolent, & si ce n'est pour Mademoiselle, vous pourriez…

D iv

DESGRIEUX.

Je ne sais ce que c'est que l'insolence, Monsieur.

L'ABBÉ.

Voilà la candeur de l'âge, il dit tout ce qui lui passe dans la tête.

DESGRIEUX.

Je ne suis pas accoutumé à me coucher si tard, Monsieur, j'ai l'honneur de vous souhaiter le bon soir, & à vous aussi, Monsieur l'Abbé. Bon soir ma sœur. (*Bas à Manon.*) Ne manque pas au rendez-vous.

SCENE II.

M. DE MINARVILLE, L'ABBÉ, MANON.

M. DE MINARVILLE.

Vous avez-là, ma chere amie, un petit frere qui en sçait trop pour son âge.

MANON.

Voilà la premiere fois que je le vois ; je ne l'aurois jamais cru si mordant ; il faut que son coquin de valet lui ait appris bien des choses.

(*Elle sort.*)

M. DE MINARVILLE.

Où allez-vous, ma chere amie ?

MANON.

Je reviens dans l'instant.

L'ABBÉ.

Mademoiselle, peut-on vous offrir le bras ?

MANON, *à l'Abbé.*

Bon ! Monsieur l'Abbé, on fera quelque chose de vous.

SCENE III.

M. DE MINARVILLE, L'ABBÉ, *ils font un moment sans se rien dire.*

M. DE MINARVILLE.

Cela vous faisoit donc plaisir de m'entendre injurier par ce petit Ecolier ?

L'ABBÉ.

Et vous, Monsieur, vous buviez du lait, lorsqu'il avoit commencé par se moquer de mon état.

M. DE MINARVILLE.

Je n'attendois pas cela de vous, assurément.

L'ABBE, *chante.*

Ta, là, là, là, là.

SCENE IV.

M. DE MINARVILLE, L'ABBÉ, LA FLEUR.

LA FLEUR.

Monsieur, voulez-vous que nous ôtions le couvert ? Toute la compagnie est sortie, & il n'y a plus que vous & M. l'Abbé.

M. DE MINARVILLE.

Et Mademoiselle Manon ?

LA FLEUR.

Monsieur, elle est sortie avec M. son frere, ou du moins, que vous croyez tel.

M. DE MINARVILLE.

Comment ! Qu'est-ce que tu dis ?

LA FLEUR.

Oui, Monsieur, elle m'a dit de vous dire, comme ça, qu'elle vous souhaitoit bien le bon soir ; & le Laquais de ce jeune Monsieur, que vous prenez pour le frere de Mademoiselle Manon, m'a dit que ce jeune homme, Monsieur, étoit l'amant de Mademoiselle Manon, & qu'il s'appelloit Desgrieux.

M. DE MINARVILLE, *désespéré.*

Ah ! M. l'Abbé, je suis trahi.

L'ABBÉ.

Monsieur, voilà un événement auquel je ne
m'attendois pas ; je vous conseille d'aller à l'inftant chez M. le Lieutenant de Police, de demander main-forte, & de les faire renfermer ; pour
moi, mon caractère me force de ne point me mê-
ler de cette affaire, & d'ailleurs il est heure indue ; adieu, jusqu'au revoir.

SCENE V.

M. DE MINARVILLE, LA FLEUR.

M. DE MINARVILLE.

SE jouer ainsi d'un galant homme comme moi!
Manon me trahit, & son amant se moque de moi.

ARIETTE.

Sous l'air de la candeur,
Sous l'air de l'innocence,
Triomphent la noirceur,
La fraude & l'impudence.

Se rire ainsi de moi,
D'un homme d'importance,
D'un Écuyer du Roi,
D'un homme de Finance.

Tromper ma bonne-foi ,
Quel excès d'infolence !
Vîte , implorons la Loi ,
Le Bourreau , la potence.

Que dis-je ? La potence !
Il faut un échafaud
Pour une telle engeance ;
Allons , vîte , il le faut.

La Fleur , vas dire à Labride de mettre les chevaux , à l'inftant , il faut que je forte.

SCENE VI.

M. DE MINARVILLLE, LISETTE, LA FLEUR.

LA FLEUR.

Monsieur, Labride dit comme ça que votre caroſſe eſt prêt.

M. DE MINARVILLE.

C'eſt bon, écoute ; ne m'as-tu pas dit que ce jeune homme s'appelloit Deſgrieux ; c'eſt le fils du Comte Deſgrieux : il faut que tu ailles à Verſailles, où il demeure ; prend le meilleur de mes chevaux de ſelle, & tu lui diras :

LA FLEUR.

A votre cheval, Monſieur ?

M. DE MINARVILLE.

Gros butord, je te dis de dire à M. le Comte Deſgrieux qu'il vienne ici dans l'inſtant pour une affaire de la derniere importance.

LA FLEUR.

A propos, Monſieur, il vient d'entrer tout-à-l'heure chez vous trois Meſſieurs qui demandent à vous parler, & qui vous attendent dans votre anti-chambre.

M. DE MINARVILLE.

A minuit ; c'est une visite indue : faites entrer cependant.

LA FLEUR, *en s'approchant de la porte.*

Entrez, Messieurs.

SCENE VII.

Les Acteurs précédens, TROIS VALETS DU COMTE DESGRIEUX, LISETTE.

UN VALET DU COMTE.

Monsieur, Monsieur le Comte Desgrieux, mon maître, vient d'apprendre que Monsieur son fils est ici avec sa maîtresse ; & il nous a envoyé à l'instant, pour que nous le mettions dans une voiture qui nous a conduit ici, & que nous le ramenions chez lui.

LISETTE, *bas.*

Cela vient sûrement de ce vilain M. Tiberge, le sot ami que cet homme-là.

M. DE MINARVILLE.

Mes enfans, celui que vous cherchez n'est point ici : il vient de s'évader il n'y a qu'un instant ; ne vous en inquiettez pas, j'en aurai soin moi :

retournez chez votre maître, avec mon domesti-
que qui est chargé de lui parler.

LE VALET.

Monsieur, cela suffit.

LISETTE, *bas.*

Retenons bien tout ceci pour en rendre compte.

M. DE MINARVILLE, *à la Fleur.*

Tu dis que mes chevaux sont mis ? partons.

Fin du troisième Acte.

ACTE

ACTE IV.

Le Théâtre repréfente le Sallon de M. de Minarville, comme au deuxième Acte.

SCENE PREMIERE.

M. DE MINARVILLE, *feul.*

QUEL eft cet inconnu qui me demandoit tant de nouvelles de notre libertin... Tiberge, je crois qu'il fe nommoit... Je fuis fâché actuellement de lui avoir dit où je l'avois fait enfermer... Cependant il ne peut rien en arriver. (*Se frottant les mains d'un air content.*) Enfin voici mes petits enfans à la raifon : le petit écolier & fa grande fœur font bien punis. Ah ! mes petits enfans, mordez-vous les pouces, vous en tenez ; malgré tout ce que j'ai pû dire au Magiftrat, il a regardé le tour qui m'a été joué, pour un tour de jeunes gens ; & il s'eft contenté de faire renfermer le petit bon-homme à Saint-Lazare, & ma petite friponne à l'Hôpital ; là, là, là,

E

adouciſſez-vous, appaiſez vos ſens, mûriſſez-
vous; ah ! le petit écolier avec ſes doigts noirs ;
je ne m'étonne pas s'il en ſavoit ſi long ; cependant la petite Manon m'a fait compaſſion,
mais....

SCENE II.

M. DE MINARVILLE, LISETTE.

LISETTE.

EH bien, Monſieur ? ma maîtreſſe ? qu'en avez
vous fait ?

M. DE MINARVILLE.

Il n'eſt pas encore temps que tu le ſaches, je
ne le dirai que tantôt ; en attendant, je vais me
repoſer, car je n'en puis plus.

SCENE III.

LISETTE, DESGRIEUX, FRONTIN.

DESGRIEUX, *inquiet & furieux.*

Lisette, dis-moi, sais-tu où est Manon?
Je t'en prie, dis-le moi.

LISETTE.

Ah! Monsieur, vous devriez le savoir plutôt
que moi; mais, vous?

DESGRIEUX.

Et toi, Frontin?

FRONTIN.

Eh! mon cher maître, je ne vous ai pas quitté
un instant.

DESGRIEUX, *marchant à grand pas.*

Lisette; pour l'amour de Dieu! je t'en conjure;
instruis-moi.

LISETTE.

Hé, Monsieur, je ne suis pas sorciere, moi.

DESGRIEUX.

Où est-ce monstre? N'auroit-il pas envoyé la
respectable Manon dans quelque endroit, quelque maison de campagne près de Paris, pour lui

servir de victime, & pour qu'il assouvisse sa brutalité & sa passion ?

ARIETTE.

Quel état malheureux,
Où mon ame est plongée !
Ma raison égarée
Est dans un trouble affreux.

Lisette, je t'en prie,
Et toi aussi, Frontin,
Dissipez mon chagrin,
Rendez-moi à la vie.

Grands Dieux ! vivai-je ou non ?
Non, mon ame est criblée,
Ma raison égarée ;
Ah ! rendez-moi Manon.

Manon, ma tendre amie,
Ciel ! tu m'est donc ravie ?
O murs qui m'entendez !
Où est-elle ? Parlez.

Amour, fais un miracle,
Accordes-moi ce don :
Viens rompre tout obstacle,
C'est pour sauver Manon.

Allons : volons pour la fauver. (*Il s'arrête.*)
Mais, où eſt-elle ? Je m'égare ; je ne me ſens
plus ; Manon, que le lieu qui t'enferme s'ouvre
naturellement, que l'Amour te défende, & con-
duiſe tes pas, & que la terre s'entr'ouvre ſous
l'impudique qui a oſé brûler pour toi de deſirs
profanes.

FRONTIN.

Mon Dieu ! mon cher maître, vous me faites
une peine mortelle ; calmez - vous donc un moment.

LISETTE.

Monſieur, vous avez été trahi.

DESGRIEUX, *avec précipitation.*

Par qui ?

LISETTE.

Par votre ami Tiberge. A peine étiez-vous hors
de table hier au ſoir, que trois grandes perches de
laquais de M. votre pere, ſont venus pour vous
prendre, & vous conduire chez lui dans ſon caroſſe, qui vous attendoit à la porte.

DESGRIEUX, *en ſoupirant.*

Ah ! Tiberge, mon cher Tiberge, tu veux
mon bien, pourquoi ne puis-je ſuivre tes conſeils?

LISETTE.

Mais vous, Monſieur ? Comment vous êtes-
vous ſauvé ? contez-moi donc cela ?

DESGRIEUX.

On m'avoit fait enfermer à Saint-Lazarre.

LISETTE.

Et vous en voilà déja sorti.

DESGRIEUX.

Oui : à peine étois je dans une cédulle misérable ; à peine commençois-je à déplorer mon sort, que je vois arriver Tiberge ; lui-même il me donne des conseils ; le morne silence où j'étois, lui fit à croire que je l'écoutois. Après qu'il eut bien parlé, Tiberge ; lui ai-je dit, tout ce que tu me dis est très-sensé ; mais pour en pouvoir profiter, il faut que j'aille me jetter aux genoux de mon pere, & lui demander mon pardon ; le bon homme versa des pleurs de joie, il m'embrassa, aussi-tôt alla chez le Supérieur de la maison & ailleurs, pour me faire avoir la liberté que je desirois ; mais il ne put obtenir ce qu'il demandoit, que sous la promesse que je rentrerois sous vingt-quatre heures ; & qu'en attendant, il resteroit à ma place en ôtage ; & c'est ainsi que j'en suis dehors : mais avant que d'aller voir mon pere, il faut que je sauve Manon, ma chere Manon.

LISETTE.

Comment ! mais c'est un brave homme que votre M. Tiberge.

FRONTIN.

Oh ! oui, comme le bon pain, s'il ne grondoit pas ; car c'est une chose pour moi qui me démonte.

SCENE IV.

M. DE MINARVILLE, DESGRIEUX, FRONTIN, LISETTE.

M. DE MINARVILLE.

Comment ! vous voilà, Monsieur ?

DESGRIEUX, *en fureur.*

Oüi, Monsieur, me voilà.

M. DE MINARVILLE.

Je n'y connois rien.... Mais l'Exempt n'aura donc point fait son devoir, il m'aura donc aussi trahi ?

DESGRIEUX.

Point tant de verbiages, Monsieur ; dites-moi dans l'instant, où est Manon, je le veux savoir.

M. DE MINARVILLE.

Le petit Ecolier ! Votre sœur que vous demandez, n'est-ce pas ?

DESGRIEUX.

Point de raillerie, je n'ai point envie de rire, finissez.

M. DE MINARVILLE.

Peste, vous ne parlez plus en écolier ; hé bien,

Monſieur, n'en ſoyez point inquiet, Mademoiſelle Manon eſt en lieu de ſûreté.

DESGRIEUX, *toujours en fureur.*

Où eſt-elle ? Allons, parlez.

M. DE MINARVILLE, *d'un air de contente-*
ment & de moquerie.

A l'Hôpital, mon petit ami.

DESGRIEUX, *ne ſe poſſédant plus.*

A l'Hôpital, Manon à l'Hôpital ? (*Il ſe jette*
ſur lui, le renverſe par terre, & lui met le pied ſur
le dos.) Ma chere maîtreſſe à l'Hôpital...

M. DE MINARVILLE.

Au ſecours, on me tue, on m'aſſaſine.

DESGRIEUX.

Ma chere maîtreſſe à l'Hôpital, comme la plus
vile des créatures! (*Des Domeſtiques entrent.*)
Tiens tu n'es pas digne de vivre... mais tu n'es
pas digne d'être tué de ma main. (*Il lui donne*
un coup de pied.) Manon à l'Hôpital !.. Frontin,
ſuis moi.

SCENE V.

M. DE MINARVILLE, LISETTE, DES VALETS; *on relève M. de Minarville, & on le met dans un fauteuil.*

M. DE MINARVILLE.

Ouf ! aille, je n'en puis plus ; un libertin traiter ainsi un homme comme moi. Aille, aille, aille.

LISETTE, *éclatant de rire.*

Ah ! ah ! ah ! le vieux paillard, comme le voilà ; c'est bien fait, il vous convient bien de vouloir en agir aussi indignement avec les femmes ; on vous apprendra à vivre, ah, ah, ah, le voilà tout déhanché. ah, ah, ah, ah, ah.

M. DE MINARVILLE.

Qu'on me mette cette créature à la porte.

LISETTE.

Ah, ah, ah, je n'en ai pas besoin ; adieu, petit galant, tendre amoureux, qui enfermez les femmes à l'Hôpital.

SCENE VI.

M. DE MINARVILLE, ET LES AUTRES VALETS.

LA BRIDE.

Monsieur, Monsieur le Comte Desgrieux.

M. DE MINARVILLE.

Faites-le entrer dans mon second Cabinet, je vais l'y joindre, si je puis. Qu'on m'aide. (*On lui donne le bras.*)

SCENE VII.

LE COMTE, LE MARQUIS.

LE COMTE DESGRIEUX.

C'est un monstre dans notre famille, il faut le faire partir pour les Isles. Ah ! mon cher fils, sans toi, que deviendrois-je ?

LE MARQUIS.

Mon pere, mon frere n'est point coupable ; j'ai tout appris : une passion naturelle l'a égaré pour quelques momens, mais son cœur est droit, son ame est vertueuse.

LE COMTE.

Mon fils, tu ne sçais pas tout; mais, que vois-je?

SCENE VIII.

LE COMTE, LE MARQUIS, DESGRIEUX, MANON.

DESGRIEUX, *à Manon.*

NE crains rien, ma bonne amie... Ah! mon pere. (*Il se jette à ses genoux.*)

MANON, *en en faisant autant, mais d'un air craintif.*

Monsieur, je ne sors point d'ici que vous ne m'ayez pardonné.

LE COMTE, *à Desgrieux.*

Retirez-vous, malheureux, vous n'êtes pas digne d'être mon fils. (*A Manon.*) Mademoiselle, levez-vous, vous ne me connoissez pas apparemment?

MANON.

Ah! Monfieur, comment ne connoîtrois je pas le pere de celui que j'aime, & qui doit faire mon bonheur?

DESGRIEUX.

Vous êtes mon pere ; & tout indigne que je fois, je ne fortirai point de vos genoux que vous ne nous ayez accordé une feule grace.

LE COMTE.

Que demandez-vous ?

DESGRIEUX.

Ah! mon pere, Manon, que vous voyez, eft toute ma confolation : elle eft d'une vertu, d'un caractère !

LE COMTE.

Hé bien! où en voulez-vous venir ?

DESGRIEUX.

L'époufer, ou mourir.

LE COMTE, *fe retirant , Manon & Defgrieux fe relevent.*

Allons, vous êtes fols tous deux, laiffez-moi.

LE MARQUIS, *fe jettant auffi aux genoux du Comte.*

Mon pere, je me joins à eux pour vous prier de leur accorder ce qu'ils vous demandent ; laif-fez-vous fléchir.

LE COMTE.

Et toi aussi, mon fils ; tu perds donc la tête ?

LE MARQUIS.

Faites des heureux, mon pere.

LE COMTE, *se rapprochant du Théâtre, & appercevant Manon, dit à Desgrieux :*

Elle n'est pas mal, au moins ; voilà les piéges des jeunes gens à Paris.

DESGRIEUX, *avec vivacité.*

Ah ! mon pere, elle réunit la douceur, la tendresse, l'amitié, la vertu, en un mot, tout ; elle aura pour vous la reconnoissance, & l'attachement les plus marquées ; elle vous adorera.

LE COMTE.

Oh ! oui ; voilà nos étourdis, un rien les égare & les enleve, c'est le diable après pour les faire revenir dans le vrai chemin ; mais répondez-moi mon fils... Monsieur... je me trompe.

DESGRIEUX.

Ah ! que ce mot vient de me percer le cœur ; mon pere ! quel sentiment vous venez de me faire éprouver.

LE COMTE.

Je suis trop bon, en vérité.

LE MARQUIS.

Mon pere ! que je suis aise de vous voir ainsi changer !

A R I E T T E.

Oui, la bonté
Eſt l'apanage
De la Divinité.
Elle eſt d'un pere,
Le premier gage
Pour rompre ſa colere.

Allons, mon frere,
Embraſſez donc
Ce reſpectable pere ;
Et nous ferons
Tous à l'envie,
Le charme de la vie.

Oui, la bonté, &c.

DESGRIEUX, *d'un air tendre, s'approche de ſon pere, en prenant la main de Manon.*

Mon pere, permettez-vous ?

LE COMTE.

Je veux, auparavant, voir vos excuſes, ſur ce qui s'eſt paſſé ; mais comme M. de Minatville va venir ici, paſſons dans une autre ſalle.

SCENE IX.

TIBERGE, LISETTE.

TIBERGE.

J'AI donc obtenu l'élargissement complet de Desgrieux. On dit qu'il est ici avec son pere, il a senti son égarement, mais un peu tard ; il rentre dans le chemin de la vertu. Oh ! quelle satisfaction pour moi !

LISETTE.

Bon jour, Monsieur ; c'est donc vous qui nous envoyez des grands Laquais pour faire enlever M. Desgrieux ; fi, que c'est vilain pour un ami ; mais, tenez, je vous passe ça, parce que vous avez été à Saint-Lazarre pour lui. Au reste, vous avez bien fait d'arriver, car vous allez voir tout-à-l'heure ma maitresse mariée avec M. Desgrieux.

TIBERGE.

Comment ! qu'est-ce que tu dis ?

LISETTE.

Je dis comme ça qu'ils se marient, c'est-à-dire, qu'ils ne feront plus de mal... Hé ! oui, vous avez beau me regarder, c'est comme je vous le dis ; & M. le Comte va y consentir.

TIBERGE.

S'il y consent, j'en suis enchanté; je ne m'op-
posois à leur amour, que parce que j'étois persuadé que M. le Comte n'y consentiroit jamais.

SCENE X.

TIBERGE, LISETTE, LE COMTE, LE MARQUIS, DESGRIEUX, MANON, DE MINARVILLE.

M. DE MINARVILLE, *surpris de voir Manon.*

Que vois-je! Manon ici, au-lieu d'être à l'Hôpital!

LE COMTE.

Mademoiselle, j'ai rendu mon amitié à mon
fils; mais à une condition; qu'il ne vous reverra
de ses jours.

DESGRIEUX, *avec vivacité à Manon.*

Manon, je ne l'ai point acceptée.

LE COMTE, *regardant son fils avec menace,*
puis se retournant du côté de M. de Minarville.

Mais vous, Monsieur, épousez Mademoiselle,
elle n'est pas riche; on la dit d'une famille honnête, & vous ferez sa fortune.

M. DE MINARVILLE.

M. DE MINARVILLE.

Ma foi tout ce qui s'est passé, est passé, je vois bien que je serai plus heureux en me mariant ; Mademoiselle, j'y consens volontiers, & vous donne tout mon bien.

MANON.

Vous y consentez donc, Monsieur ? La Fleur.

SCENE XI.

Les Acteurs précédens, LA FLEUR.

LA FLEUR, *en entrant.*

Plait-il, Mademoiselle?

MANON.

Allez chercher mon miroir de toilette.

DESGRIEUX.

Qu'en veux-tu faire, Manon? Tu n'es point dans le cas de rire.

MANON.

Laissez-moi faire. (*On apporte un miroir.*) Monsieur, regardez votre figure ; voyez celle-ci actuellement. (*En montrant Desgrieux.*) Qui dois-je choisir ?

F

M. DE MINARVILLE.

Enfin, j'ouvre les yeux ; oui, à mon âge on ne doit chercher que le repos, & la tranquillité ; je me jettois dans un abîme de désordres, d'où la mort seule auroit pu me tirer. Je l'avoue, Mademoiselle, j'ai eu tort de vous désirer pour ma maitresse ; j'ai eu tort de vous avoir si indignement mal-traitée ; j'ai encore eu tort de vous demander en mariage, mon temps pour l'amour est passé, le vôtre commence. Je veux réparer toutes mes fautes ; tenez, je suis riche, je ne veux plus que faire un bon usage de mes richesses, je vous fais dix mille livres de rente pour le présent, & vous institue légataire universelle de tous mes biens, si M. le Comte consent à votre mariage avec M. le Chevalier ; qu'en dites - vous, Messieurs ?

LE COMTE.

Ma foi, une telle générosité mérite d'être récompensée ; je vous marie, mes enfans, voyons si un mariage d'inclination sera plus heureux qu'un mariage d'intérêt.

MANON, *se jettant aux pieds de M. de Minarville.*

Ah ! Monsieur, je vous demande tous les pardons imaginables : je suis confuse de toutes vos bontés. (*Au Comte.*) Et vous, Monsieur, puisque vous daignez me prendre pour votre fille, vous ne vous repentirez jamais du choix dont vous m'honorez, & je vous voue pour toujours le cœur le plus tendre & l'amitié la plus sincere.

DESGRIEUX, *avec la plus grande gaité, à M. de Minarville.*

Monsieur, je ne puis vous exprimer la joie que votre bienfait me procure. O mon pere! ô mon cher frere!... quel raviffement! (*Se jettant au col de Tiberge, & l'embraffant.*) Et toi, mon refpectable ami, mon cher Tiberge, que ne te dois-je pas!

TIBERGE.

Je n'ai cherché que ton bonheur, tu l'as trouvé, je fuis content.

LE MARQUIS.

Allons, mon cher frere, il ne manque plus qu'à tuer le veau gras.

LE COMTE.

J'efpere que nous le tuerons auffi.

SCENE XII, ET DERNIERE.

Les Acteurs précédens, FRONTIN, LISETTE.

(*Frontin arrive avec une robe de ferge grife, comme font les filles de l'Hôpital.*)

DESGRIEUX.

EII! te voilà, Frontin? Ah, ah, ah.

FRONTIN, *à Manon.*

Mademoiſelle, en vous remerciant de votre robe; tatigué, Monſieur, vous m'avez mis là dans de beaux draps blancs.

LISETTE.

Ah, ah, ah, la belle fille de l'Hôpital, ah, ah, ah; & comment en eſt-tu ſorti?

FRONTIN.

On m'a mis à la porte; mais Meſſieurs, ſavez-vous bien que cela m'a fort déplu, ſi vous ſaviez ce qui s'eſt paſſé.

ARIETTE.

Dès qu'on me vit
Dans cet habit,
Sur chaque épaule
On me donna
Grands coups de gaûle;
Meſſieurs, hola,
Hola, hola, leur dis-je, hola.

Puis on me mit
Droit à la porte;
Dès qu'on me vit
Une cohorte
De ces gens là
Heula, cria,
Hola, coquins, hola, hola.

Dedans la cour,
Nouveaux éclats,

Tout à l'entour
On s'assembla,
On se moqua,
Coquins, hola,
Hola, hola, leur dis-je, hola.

Messieurs, passage,
Finirez-vous ?
Et qu'avez-vous ?
La belle image !
Vous êtes fous ;
Coquins, hola,
Gare, gare, leur dis-je, hola.

Mais par le pied
L'un m'enleva,
Et je tombai
Aussi-tôt là ;
Eux tous de rire,
Moi, de leur dire,
Hola, hola, coquins, hola.

Ma pauvre robe
L'on déchira ;
On déchira
Ma pauvre robe,
Comme la voilà !
Quand je vis çà,
Hola, hola, dis-je, hola, hola.

Tant bien que mal,
La pauvre enfant,
Si mal vêtue
Est revenue
De l'Hôpital ;
Mais pour long-temps,
Hola, canaille, hola, hola.

Vous avez beau rire aussi, Messieurs, je vous répond que cela ne m'amusoit pas.

DESGRIEUX.

Allons, reposes-toi, car tu dois être fatigué.

LISETTE.

Tu vas venir à la nôce de ton Maître ; veux-tu venir à la mienne ?

FRONTIN.

Avec qui ?

LISETTE.

Avec toi, dans l'instant, si tu veux ?

LISETTE.

Allons, taupe là ; nous voici des bons

Fin du quatrième & dernier Acte.

VAUDEVILLE.

DESGRIEUX.

Que mon sort est heureux !
Je jouis de ce que j'aime ;
L'on couronne mes feux ,
Je ne suis plus le même.
L'amour & la raison
Méritent d'être ensemble ;
Et pour qu'on les rassemble ,
Il ne faut que Manon.

TIBERGE.

Un véritable ami
Prend part à toutes choses ;
L'écart de son ami ,
Grande peine lui cause.
L'amour & la raison
Sont rarement ensemble :
Desgrieux les rassemble
En épousant Manon.

M. DE MINARVILLE.

L'amour est des enfans
Le plus bel apanage ;
Il est très-mal sonnant
Aux barbons de mon âge ,
J'en suis une leçon ,
Très-peu digne d'envie ;
Mais , moi , j'en remercie
La sincere Manon.

MANON.

Vous avez vu, Meſſieurs,
A découvert mon ame,
Mon tranſport & ma flâme,
Pour mon cher Deſgrieux.
L'uſage y eſt contraire,
Ai-je mal fait ? non, non,
Car j'ai voulu vous plaire,
C'eſt le but de Manon.

DESGRIEUX.

Tel eſt auſſi le nôtre,
Nous n'en n'avons point d'autre ;
Toujours en eſpérants
Vos applaudiſſemens.
A tous tant que vous êtes,
Meſſieurs, nous vous ſouhaitons,
Femmes auſſi parfaites
Et ſi tendres Manons.

FIN.

9 782014 082623